Tito et Pioum
la goutte d'eau

Tito et Pioum

La goutte d'eau

David Crescenzo

Loi n°49-956 du 16 juillet 1949 sur les publications destinées à la jeunesse, modifiée par la loi n°2011-525 du 17 mai 2011.

ISBN 978-2-322399-92-5

Édition: BoD – Books on Demand,
12/14 rond-point des Champs-Élysées, 75008 Paris.

Impression : BoD - Books on Demand, Norderstedt, Allemagne

Dépôt légal : octobre 2021

C'est l'histoire de Pioum, une goutte d'eau, trouvée et recueillie par Tito. Ce brave et créatif jeune garçon qui, un jour de pluie, se trouva émerveiller devant une goutte d'eau.

Cette journée marqua à tout jamais, le coeur de Tito d'un amour profond pour un élément de la nature....

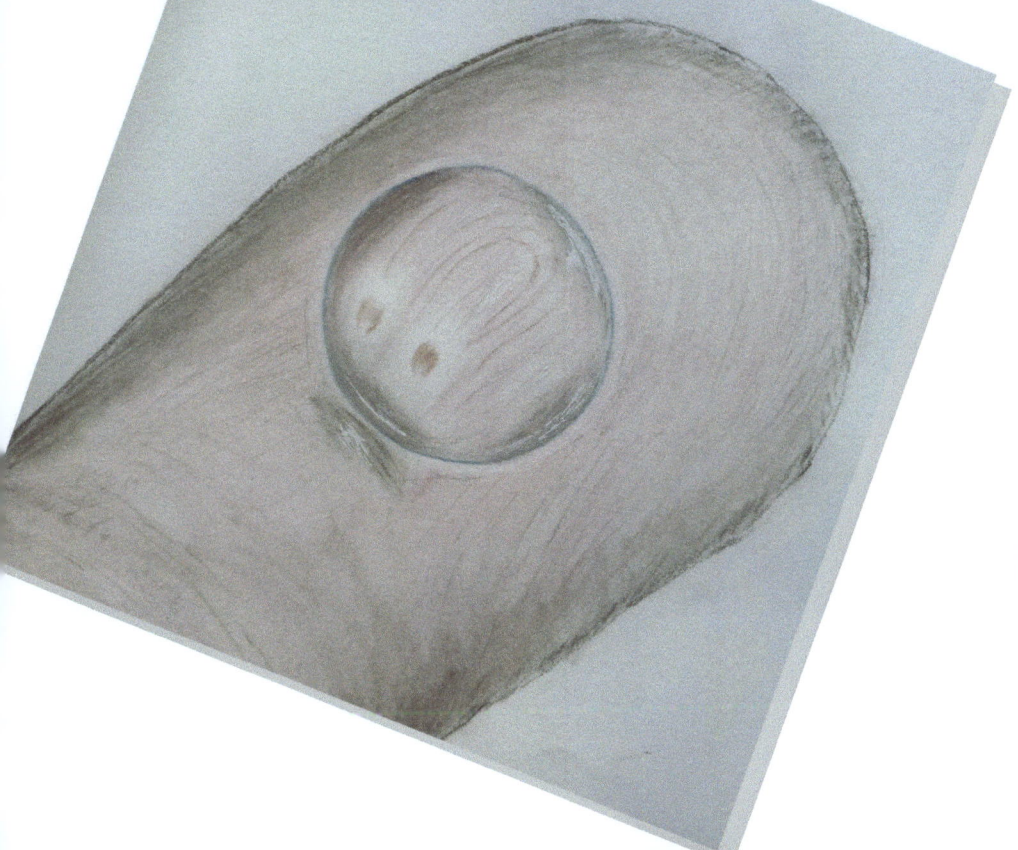

Il est presque 15h30, seul, dans la forêt, au milieu d'un chemin parsemé de feuilles tantôt rougeâtres, tantôt jaunâtres, Tito marche tranquillement en ce mois d'Octobre, malgré la légère pluie. C'est un jeune garçon, aux cheveux bouclés, roux, quelques boutons d'adolescent sur le visage, plutôt fin, un garçon un peu rêveur, comme disent ses parents, car il a pour habitude de se promener dans la nature après l'école, afin d'être dans son monde, auprès de la nature…

Ce jour-là , il vit un écureuil se réfugier dans sa tanière, des chevreuils plus loin, qui prirent peur et s'enfuyaient en poussant leur cri bien proche de celui d'un chien, il passa aussi à côté de certains champignons, comestibles et non, qu'il sait identifier sans hésitation.

Puis, Tito regarda vers un chêne, il reconnaissait certaines espèces car il s'intéresse beaucoup aux arbres et aux plantes. Mais ce chêne en particulier retint toute son attention, non pas par son ampleur, sa beauté, sa force qu'il dégage, ou la couleur de son feuillage, non… mais par tout autre chose…. une petite goutte d'eau !

Une simple goutte d'eau comme on voit quand il pleut pour tout être ne prenant guère attention, mais aux yeux de Tito, elle était …différente !

Il se rapprocha de l'arbre, repoussant quelques branches et faisant attention où il mettait les pieds, et regarda la goutte d'eau attentivement. Elle était au bout d'une petite branche, elle se tenait là, refusant de tomber, s'agrippant comme elle peut à cette branche. Elle s'allongea de plus en plus, bougeant légèrement vers Tito, comme si elle demandait de l'aide.

Alors, ne sachant pas comment ni pourquoi, Tito, qui était tout proche, leva la main, tendant son index vers la goutte, la paume de la main vers le ciel, comme pour toucher de la peau du doigt la goutte d'eau.

Il s'en approcha très lentement, en retenant sa respiration, ne se laissant pas distraire par les autres gouttes d'eau qui tombent sur son visage, ruisselant sur ses joues.

Non, il continua lentement vers la goutte d'eau, et quand il fut assez près, celle-ci se laissa tomber sur son doigt. Tito laissa sortir un souffle de joie, le regard émerveillé, il contempla la goutte d'eau, ronde comme une bille parfaite, translucide, laissant voir un grossissement de la peau du doigt telle une loupe. Tito approcha de plus près la goutte d'eau et l'observa, il resta là, quelques instants, près du chêne, immobile et paisible.

« Comme tu es belle ! » chuchota Tito

La goutte d'eau réagit, elle se mit à rougir légèrement, telle une personne timide. A sa grande surprise, Tito n'en revint pas, comme si elle avait compris et qu'elle était vivante !

Ne bougeant plus, il demanda à la goutte de se mouvoir un peu sur le coté droit, ce qu'elle fit aussitôt !

Pensant qu'il devenait fou, Tito
redemanda de re-bouger, mais de l'autre
coté, et la goutte d'eau bougea de nouveau!

Les deux yeux marrons de Tito n'en
revenaient pas. Imaginez un instant ce
garçon avec une goutte d'eau vivante,
capable de comprendre et de réagir!

Regardant de plus près la goutte d'eau, il
put voir ses yeux se refléter dans la goutte,
tels les yeux de chat demandant quelque
chose, la pupille bien grosse .

« Ben ça alors, tu me comprends ??? » dit-
il avec une petite risette.

La petite bulle bougeant légèrement,
s'affaissant un peu de l'avant, comme pour
dire oui de la tête!

« Je vais t'appeler Pioum ! Ca te va ? »
Et la petite goutte d'eau frémissa un peu,
et hocha de nouveau la tête.

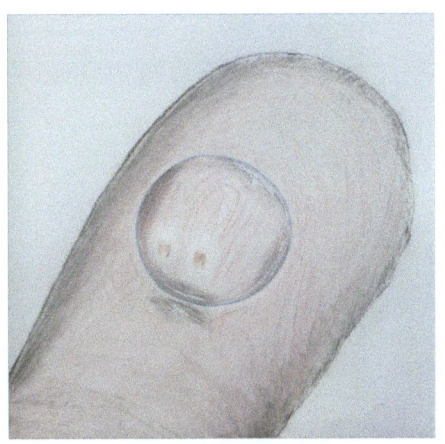

Tito repartit heureux de cet endroit, avec
son nouvel ami sur le doigt.Cela faisait
quelques temps qu'il était persuadé que la
nature est bien vivante ! Maintenant il
regarde autrement autour de lui, espérant
aussi voir des elfes ou des fées, d'autres
croyances cachées en lui, n'osant
divulguer cela à quiconque de peur du
regard des autres...

Il reprit un chemin, puis il s'arrêta
brusquement.

Il regarde Pioum, et d'un soupir lui demanda:

« Ah ce que j'aimerais t'entendre parler, que tu me racontes ton histoire, d'où tu viens, si tu es seule, ou que d'autres comme toi peuvent communiquer avec des personnes comme moi ..? »

C'est à ce moment là qu'il fut pris par une petite douleur légèrement au-dessus des yeux, sur le bas du front, et une image apparut, laissant place à un film:

- C'est un grand espace blanc, comme du coton, ou comme un grand nuage, il y a un grand soleil au dessus, mais si on regarde un peu plus loin, devant, c'est tout sombre. Il n'y a pas d'hommes, ni de femmes, mais que des gouttes d'eau.

Toutes s'affolent de part et d'autre.

Certaines avancent en faisant de petits bonds, d'autres en volant, certaines tourbillonnent .

Un peu sur le coté droit, on y voit plusieurs gouttes se réunissant ou plutôt s'unissant pour devenir plus grosse, créant ainsi une boule d'une taille d'un ballon de football. De l'autre coté, elles s'unissent en forme de flocon de neige.

En regardant plus loin devant , on en voit en train de plonger vers ce coté sombre.

Pioum montra la vision de son habitat ! Il est présent, une autre goutte d'eau se trouva devant Pioum, un ami sans doute ou son compagnon, si on peut dire, car toutes les deux avancèrent par petits bonds jusqu'au bord, puis la première goutte se laissa tomber dans le vide, et Pioum suivit.

Telles deux parachutistes, les deux
gouttes fendaient l'air, tournoyant,
faisant des figures, se touchant, se
repoussant, un souffle les fit changer de
direction,
Pioum se rapproche des arbres, son ami
vers un cours d'eau….ce fut la dernière
vision de Pioum avec son compagnon,
car ensuite, c'est un feuillage qui fit
ralentir sa chute, puis la branche ...

Quand Tito ouvrit les yeux, il comprit
immédiatement.
« Ne t'inquiète pas Pioum, nous allons
retrouver ton ami ! Je sais où se trouve
ce cour d'eau ! »

Ce n'est pas une grosse rivière, plutôt
un petit ruisseau, zigzagant entre la terre,
rocaille et arbres, mais pour la taille de
Pioum, c'est une rivière !

Ils se mirent en route vers ce petit
ruisseau, descendant à vive allure le
chemin, puis prirent un autre chemin plus
étroit, un peu glissant, parfois encombré
de fougères, mais, respectant la nature,
Tito écarta doucement avec prudence les
feuilles et branches sur son passage, les
champignons et les animaux cette fois ne
faisaient pas quitter le jeune homme de
son objectif, et quand soudain il s'écria :

« Ca y est! Nous y sommes !

Reprenant un peu son souffle, Tito posa
une main sur sa cuisse, et de ce fait
pencha un peu son corps, et Pioum faisait
des petits sauts de joie, espérant retrouver
son ami égaré ..

Malheureusement, un bond trop haut et
à la surprise de Tito, Pioum se
retrouva dans l'eau. Plouf!

Tito fut apeuré et plongea immédiatement
les mains dans l'eau en direction de là où
son ami a plongé, espérant le retrouver!
Il prit de l'eau dans ses petites mains mise
en forme de cuillère , en criant :

« Pioum ! Pioum! Tu es là ?? Montre-
toi ! » Mais aucune réponse. Il réessaya et
de nouveau rien !

Hélas, avec le courant, peut-être a-t-il été
embarqué plus loin. Tito regarda l'eau,
attristé, et tel un miracle, vit son ami
essayant de sortir de l'eau en remontant,
puis en coulant, et remonter de nouveau..

Les yeux grands ouverts et remplis de
joie, il prononça assez fort :
« Tiens bon ! J'arrive !!! Je t'ai vu ! »

Tito fit quelques mètres en direction de
son ami, se rapprocha de l'eau, et replongea
à nouveau les mains, sûr de lui cette fois-ci,
afin de recueillir son ami. Il laissa échapper
un peu d'eau entre ses mains, et pu voir
Pioum, sain et sauf.
« ouf! ne refais plus jamais ça hein Pioum »
.
Mais d'un coup, il pensa à l'ami de Pioum,
si celui-ci est bien tombé dans l'eau, sans
doute que c'était trop tard. Il n'osa rien
dire, mais afin de pas démoraliser son ami,
il scruta attentivement l'eau en quête d'un
espoir, trouver la goutte d'eau.

Il fit quelques pas, et observa de nouveau
le ruisseau. Heureusement que la pluie avait
cessé peu avant, rendant la recherche plus
facile.

Pioum se mit au bout du doigt de Tito,
regardant aussi l'horizon. Puis il se mit à
gonfler d'un coup et se dégonfla, comme si
il envoyait un message en criant. Répétant
plusieurs fois l'opération, Tito avançant
calmement et attentivement , c'est alors que
Pioum se retourna vers Tito gesticulant !
Tito compris immédiatement !

Où ?? Dis-moi où il est ?? Tu l'as vu n'es-
ce pas ? Montre-moi vite !! »

C'est alors que Pioum guida Tito par de
petits mouvements. Tito était très attentif et
réceptif aux moindres variations de Pioum.

Petite déformation vers la droite, on va à
droite, puis le devant se gonfle, je vais tout
droit, oups ! C'est le derrière maintenant,
demi tour !

D'un coup, Pioum se mis en direction de
l'eau. Quelques mètres en amont, le
ruisseau se séparait en trois petits cours
d'eau, ce qui rendait l'accès bien plus
facile pour nos deux compagnons.
Tito pu s'agenouiller, l'index près de
l'eau.

En regardant de près, Tito vit
effectivement une petite goutte d'eau,
apeurée mais réjouie et vivante !

C'est avec un grand sourire, les yeux remplis de joie que Tito dit :

« Bonjour, n'ai pas peur ! »

Il commence à approcher son index vers la goutte d'eau, Pioum lui fit comprendre de s'arrêter. Surpris, Tito n'avançait plus, et lui demanda pourquoi. Il sentit comme une immense joie s'emparer de lui, comme si on le serrait fort dans les bras. Il comprit que Pioum le remercia pour l'avoir aidé à trouver son ami. Puis une tristesse l'envahit, comme une personne lui adressant un dernier au-revoir.

Tito ouvrit les yeux, il vit Pioum sauter vers son ami. Tous les deux se retournèrent en regardant Tito, lui adressant un doux regard, puis, s'unirent, formant une goutte plus grosse, qui finie par rouler vers le ruisseau, se mélangeant à celui-ci.

Tito se remit debout, à la fois triste et

heureux, regardant ce ruisseau et en y
regardant très attentivement, il vit comme
si son ami était encore devant la pierre, le
saluant encore une fois.
Serait-ce le fruit de son imagination ? Ou
Pioum ? Ou peut-être d'autres gouttes
d'eau ?
Il ferma les yeux en poussant un léger
soupir, ouvrit de nouveau les yeux et fit
un énorme sourire !

« Merci mon ami, et faites attention!
j'espère qu'on se reverra! »

Une petite larme s'ecoula de son oeil, elle
commence à glisser le long de sa joue,
pour quitter son visage et tomber sur le
sol encore humide. Il reprit son chemin,
toujours la tête dans les étoiles, ou plutôt
dans les nuages !

Pioum et son compagnon continuèrent

d'être emportés par le courant, mais ne se lâchèrent en aucun cas. Evitant les pièges, les poissons ou autres dangers, ils arrivèrent à se rapprocher du rivage, et comme un accord, les deux gouttes sautèrent assez haut pour atterrir sur l'herbe, ou plutôt, sur une feuille de pissenlit.

Cette feuille se balançait de haut en bas, et de ce fait, le couple s'élançait de nouveau dans les airs, atterrissant sur une plante plus haute, qui permettait encore une fois de s'envoler et atterrir plus loin et plus haut encore.

Ces opérations se multiplient, permettant aux deux gouttes d'eau de remonter vers la sortie de la forêt, où se trouve un chemin goudronné. Cette fois, elles prirent la décision d'avancer par petits bonds décalés, l'une aidant l'autre.

Le chemin est long et dangereux, mais

parfois le bonheur arrive quand on s'y attend le moins ! Une fourmi arrive sur la gauche, elle s'arrête à leur côté, les regarde attentivement, et se mit à remuer ses antennes.
C'est alors que les deux gouttes d'eau se hissent sur le dos de celle-ci, faisant attention à ne pas tomber, et ne pas gêner leur nouveau compagnon de route. La fourmi se mit aussitôt en marche, avançant le plus vite possible vers l'autre bord de la chaussée, ramassant au passage un morceau de bois qui lui servira bien plus tard. Soudain elle s'arrêta, dressant ses antennes. Elle sentit un tremblement sous ses pattes, de plus en plus fort, pus les deux passagers ressentirent également les secousses. Quand la fourmi regarda sur sa droite, ce fût trop tard, une masse roulante à vive allure arriva droit vers eux, et en une fraction de seconde, tout peut basculer! … mais… pas ce jour !

La voiture passa au- dessus d'eux, les pneus proches, mais heureusement n'écrasant pas les trois voyageurs. Après cette frayeur, la fourmi reprit sa route, et pu enfin délivrer ses deux voyageurs de cette dangereuse traversée.

Une fois sur l'herbe, les deux gouttes reprirent leur précédent jeu. Elles retrouvent une nouvelle feuille, se mirent au bout de celle-ci, afin de pouvoir la baisser le plus possible et de s'en servir comme trampoline, et hop ! De nouveau dans les airs ! Et hop ! De nouveau sur une feuille trampoline !

Tout en jouant, ces deux gouttes d'eau avancèrent assez vite, jusqu'à trouver un petit hameau de maisons, toutes construites avec un bardage en bois, et de toits pointus .

Certaines maisons sont peintes en
blanc, d'autres en jaune, d'autres
rouge aussi, cela donne de la couleur et
de la joie à ce hameau assez isolé.

Les deux gouttes continuèrent leur
chemin, comme elles pouvaient, en
s'aidant de la nature, ou parfois en
faisant de petits bonds .
Soudain, elles s'arrêtaient devant un
petit portillon en bois teint en blanc,
laissant voir un magnifique jardin
arboré, mais aussi un potager, ainsi que
des plantes aromatiques proche de
l'entrée de la maison, cette entrée se
faisait via une terrasse couverte
surélevée de trois marches par rapport
au sol.
Les deux gouttes se glissèrent sous cette
porte, et commencèrent une nouvelle
aventure en direction de l'entrée de la
maison.

Petits bonds par petits bonds, elles
arrivèrent enfin devant les marches.
Mais hélas, elles sont assez hautes, et
toutes leurs tentatives de sauter
échouèrent. C'est alors qu'elles se
dirigèrent vers les plantes aromatiques,
où un énorme pied de romarin se dressait
là, mais où des abeilles venaient aussi !
Les branches du bas du romarin sont
accessibles, et d'un saut, hop, les deux
gouttes d'eau se trouvaient enfin hors du
sol. Puis, branches par branches,
arrivèrent à se positionner pour être
proche des abeilles.
Quand une de celle-ci décida de se
stopper sur une branche, les deux gouttes
profitèrent de l'occasion pour monter sur
le dos de leur nouveau moyen de
transport.
La communication établie, l'abeille
fredonne des antennes, se mit à battre des
ailes et décolle.

Une longue courbe à gauche en
montant et voilà nos deux amis une
nouvelle fois dans les airs!

L'abeille se dirige vers une fenêtre
légèrement ouverte, en se rapprochant, on
y voit une grande table en chêne, des
chaises, une assiette sur un plan de travail
contenant des champignons émincés, une
personne grande se trouvait là, une
femme, avec une longue robe, préparant
le souper.
L'abeille continue son chemin ou plutôt
son vol, se dirigeant vers une autre
fenêtre, close cette fois, où les petits
rideaux blancs laissent entrevoir un
homme âgé, une pipe à la bouche, tenant
un journal dans les mains, se balançant
sur une chaise, proche d'une cheminée,
autour de lui les livres tapissent les murs.

Pioum fit comprendre à l'abeille de
	monter vers la fenêtre du toit, celle la
plus proche des étoiles. Celle-ci fit un
rapide demi tour, et s'exécuta.
Elle monta, longea la façade de la
maison, et une fois la fenêtre la plus haute
de la maison trouvée, resta statique
devant la fenêtre, avant de s'arrêter sur
l'appui de fenêtre.
Cette fois, les deux gouttes d'eau furent
soulagées car enfin leur périple prenait
fin.
En effet, à travers la vitre, elles purent
voir un jeune homme roux, aux yeux
marrons, allongé sur son lit, serrant son
oreiller dans ses bras. Soudain, ce jeune
homme leva la tête, puis se leva du lit.
Pioum se mit à faire de petits bonds
espérant que son ami le remarque. Mais
malheureusement, Tito se dirigea vers la
porte, et sortit de sa chambre.

C'est l'abeille qui comprit immédiatement, sans doute le fait de connaitre certaines habitudes des humains. Elle fit comprendre aux deux gouttes d'eau de monter sur son dos avant de s'envoler, et elle piqua en direction de la fenêtre de la cuisine. Elle s'arrêta au plus près, regardant si un danger guettait, puis pénétra dans la maison.

Proche de la fenêtre se trouve un pot avec du basilic, l'endroit idéal pour y déposer ses voyageurs ! Une fois les gouttes sur le basilic, Pioum remercia l'abeille de son aide, et celle-ci regagna l'extérieur.

Quelques instants plus tard, le jeune homme fit son apparition, suivit du vieil homme, et tous se mirent à table.

Après avoir rempli les assiettes, c'est un diner normal qui suit, le père demandant à Tito si tout s'est bien passé aujourd'hui, et celui- ci raconta juste sa journée scolaire, la tête baissée. En voyant ce comportement, sa mère s'inquiéta un peu, voulant être rassurée, elle demanda à Tito si tout allait bien, et de bien vouloir la regarder.

En levant la tête, Tito rassura sa mère, et c'est à ce moment-là que les deux gouttes d'eau en profitèrent pour essayer de se faire remarquer par des bonds sur les feuilles du basilic. Mais Tito ne remarquait rien. Le père de Tito regarda sa femme, et à son tour lui dit de sa voix grave

« Tu vois, tout va bien, il est juste un peu fatigué de sa journée et sa promenade dans les bois, surtout avec ce temps, on lui préparera une bonne tisane avant d'aller au lit, afin de prévenir d'un rhume ou autre ! »

A peine avait-il finis que son regard se dirigea vers le basilic, dont les feuilles bougeaient toutes seules. Il se mit à froncer les sourcils d'étonnement. La mère de Tito le regarda :

« Que se passe t-il ?

Le basilic, les feuilles bougent toutes seules, alors qu'il n'y a pas de vent, ni d'insectes dessus. »

Elle se retourna, et tous les trois regardèrent le basilic bouger. Tito ouvrit la bouche, les yeux grands ouverts mais aucun son ne sortit, et se leva.

« Maman, Papa, vous allez comprendre !! »

Il s'avança vers le pot, le prit dans les
mains et l'apporta sur la table.

« Vous voyez les deux gouttes d'eau ?
- Oui bien sûr!
- Et bien elles sont vivantes et
comprennent ce qu'on leur dit !
- Mais ….que racontes- tu là mon fils ? dit
le père
- Regarde Papa… »

Tito avança son index vers les gouttes, et
dit :
« Pioum ! Viens! Viens avec ton ami sur
mon doigt! »

   A cet instant, les deux goutes d'eau
sautèrent de la feuille du basilic vers le
doigt du jeune homme, et tout fier, montre
à ses parents ses deux compagnons, et
raconte son aventure dans les bois ce jour.

Apres une certaine hésitation, et
quelques démonstrations, les parents de
Tito ont finalement réalisé que leur enfant
ne vivait pas dans un monde imaginaire,
mais dans un monde où l'homme est loin
de tout comprendre et maitriser, et que
tout est vivant .

Depuis ce jour, Tito et ses parents
regardèrent autrement la pluie et tous les
autres éléments de la nature, faisant de
sorte de respecter et d'être en harmonie
avec elle.

Merci d'avoir lu ce petit récit qui j'espère vous a fait voyager comme il m'a fait voyager, merci

David